AF364904

VICTORIA ET RATUS

De la même auteure

Une enquête de la Nawa - La face cachée du smartphone, Éditions Prunelle, 2021

Le prince Connect, Éditions Prunelle, 2021

Le Pays où tu choisis, Éditions Prunelle, 2019

Kelly et sa meilleure amie, Éditions Prunelle, 2019

Jamais le temps ! Éditions Les 2 Encres, réedition 2015

Un terrible secret, Éditions Les 2 Encres, 2005

Anne Sirgel

VICTORIA ET RATUS

Illustrations d'Aleksandra Maslova

ÉDITIONS PRUNELLE

Éditions Prunelle

Illustration de couverture: Aleksandra Masalova
Composition du livre: Anaïs Bedoya

Dépôt légal: Juin 2022
Loi n°49-956 du 16 Juillet 1949 sur les publications liées à la jeunesse

@2022 Éditions Prunelle
https://editions-prunelle.com/
ISBN: 978-2-38031-852-4

Chapitre 1

La belle Victoria

Victoria est belle. Elle ressemble à la princesse Tiana, avec son teint foncé, ses beaux cheveux noirs et ses yeux vifs. Victoria est intelligente. Elle comprend tout, pas besoin de lui expliquer longtemps ou de lui répéter les choses.

Victoria est gentille. Elle écoute bien ses parents et la maîtresse, enfin, la plupart du temps ! Tout le monde l'adoooore ! Trop de chance, non ? Pas vraiment.

Victoria a un gros problème. Elle est malade. Sa maladie porte un nom compliqué, ce n'est pas un rhume ou une grippe.

Elle a du mal à retenir le mot. Elle a essayé d'inventer une formule pour s'en souvenir et avoir l'air d'une grande, mais ça ne marche pas vraiment.

De toute façon, ce n'est pas important, car il lui suffit de demander à Papa et Maman.
Eux n'oublient jamais.

Elle évite cependant de poser la question, car elle voit bien que ça leur fait de la peine. Pourtant, ce n'est pas de leur faute, si elle est née malade. C'est bizarre, parfois, elle a l'impression qu'ils pensent que si.

Chapitre 2

La maladie de Victoria

Alors un jour, Victoria demande à sa mère pourquoi Papa, surtout, a l'air si malheureux quand elle parle de sa maladie.

Maman lui répond qu'elle se trompe, mais Victoria insiste. Bien sûr, Maman finit par capituler et lui explique que, en effet, Papa est triste car le responsable de la maladie, c'est quelque chose qui vient de sa famille. Un gène.

Sur le moment, Victoria s'étonne que sa mère se trompe :
- Mais Maman, on ne dit pas « un », on dit « une gêne ».

Maman rit bien et lui répond que non, dans ce cas, c'est bien un gène qu'il faut dire.

– Mais qu'est-ce que c'est, un gène ? demande Victoria.

– C'est compliqué à expliquer, répond Maman.

Mais comme Maman explique très bien, Victoria comprend l'essentiel. Le gène, c'est quelque chose qui est en nous à la naissance sans qu'on l'ait décidé, et qu'on peut transmettre sans le vouloir. Les yeux en amande de la cousine Léa, c'est grâce à un gène qui vient de Mamie.

Victoria n'a pas de chance : certes, elle a les beaux yeux de Mamie, mais aussi un gène qui l'a fait naître malade.

Cependant, une chose est certaine : si son papa avait pu choisir, il aurait gardé ce gène bien enfermé tout au fond de son corps. Il ne pouvait pas le jeter au fond d'un puits ou

s'en débarrasser comme d'un papier à la poubelle. C'était tout bonnement impossible. Alors comment peut-il penser qu'il est responsable?

Victoria, du haut de sa petite taille, l'a expliqué à son papa qui a paru très ému par sa démonstration.

Chapitre 3

Le premier mercredi du mois

Victoria DÉTESTE les premiers mercredi du mois. Elle les appelle *Les blouses blanches.*

Sur la route, elle n'y peut rien, dès qu'elle voit le panneau *HÔPITAL Victor Hugo,* elle le reconnaît et se sent mal. Ce mot hôpital, elle sait le lire toute seule. Heureusement, elle en a appris d'autres, avant! Sinon, elle aurait pensé que la lecture, ça vous serre le ventre.

Papa et Maman l'accompagnent à tour de rôle. Elle voit bien qu'ils font des efforts pour la distraire et lui faire oublier tout ce blanc: celui des

Victor Hug

murs, celui des blouses que portent infirmières et médecins.

Papa plaisante tout le temps, comme si le silence lui faisait peur. Souvent, Maman lui achète un petit cadeau au distributeur de la grande salle d'attente. Oh, pas grand-chose, juste un petit porte-clefs ou une friandise qu'elle aura le droit de manger plus tard.

Elle aussi parfois fait un peu le clown, exprès, pour les amuser. Faire le clown, c'est ouvrir grand les yeux, prendre une voix grave, dire une bêtise et ensuite tirer la langue. Ses parents adorent.

Mais ce matin, Victoria n'a envie ni de sourire ni de faire rire. En plus d'un mercredi Blouses Blanches, c'est une journée Ratus.

Chapitre 4

Les journées Ratus

Les journées Ratus, ce sont les pires. Celles où la douleur, tel un rongeur qui la grignote de l'intérieur, est tellement forte qu'elle lui enlève toute son énergie et son courage.

« Ratus », c'est le surnom que son papy donne aux rats que l'on voit se faufiler sur les rails dans le métro.

Chaque fois qu'elle a vraiment très mal, elle pense à ces Ratus qui lui font peur parce qu'on ne sait jamais d'où ils vont surgir, où ils vont aller et ce qu'ils vont ronger.

Dans son corps, c'est exactement ce qu'elle ressent. Bien sûr, elle sait bien que Ratus, c'est sa maladie qui se réveille. Et c'est horrible.

L'infirmière est venue la chercher et maintenant, Victoria attend que le docteur arrive. Elle est allongée, la tête posée sur le côté, et se sent fatiguée. Elle sait ce qui va se passer et n'en a pas peur. On lui mettra une crème sur le bras, et elle ne sentira pas la piqûre. Elle aura un pansement, avec un drôle de petit tuyau, et il lui faudra attendre.

D'habitude, Victoria ne pleure pas, et tout le monde, à l'hôpital, la félicite.
- Que tu es courageuse, Victoria, tu peux être fière de toi!

Mais aujourd'hui, c'est un mercredi Ratus, et depuis son réveil, Victoria sent son courage fondre peu à peu comme la neige un jour de soleil: à la fin, il ne reste plus qu'un petit tas de boue.
Elle a mal, si mal.

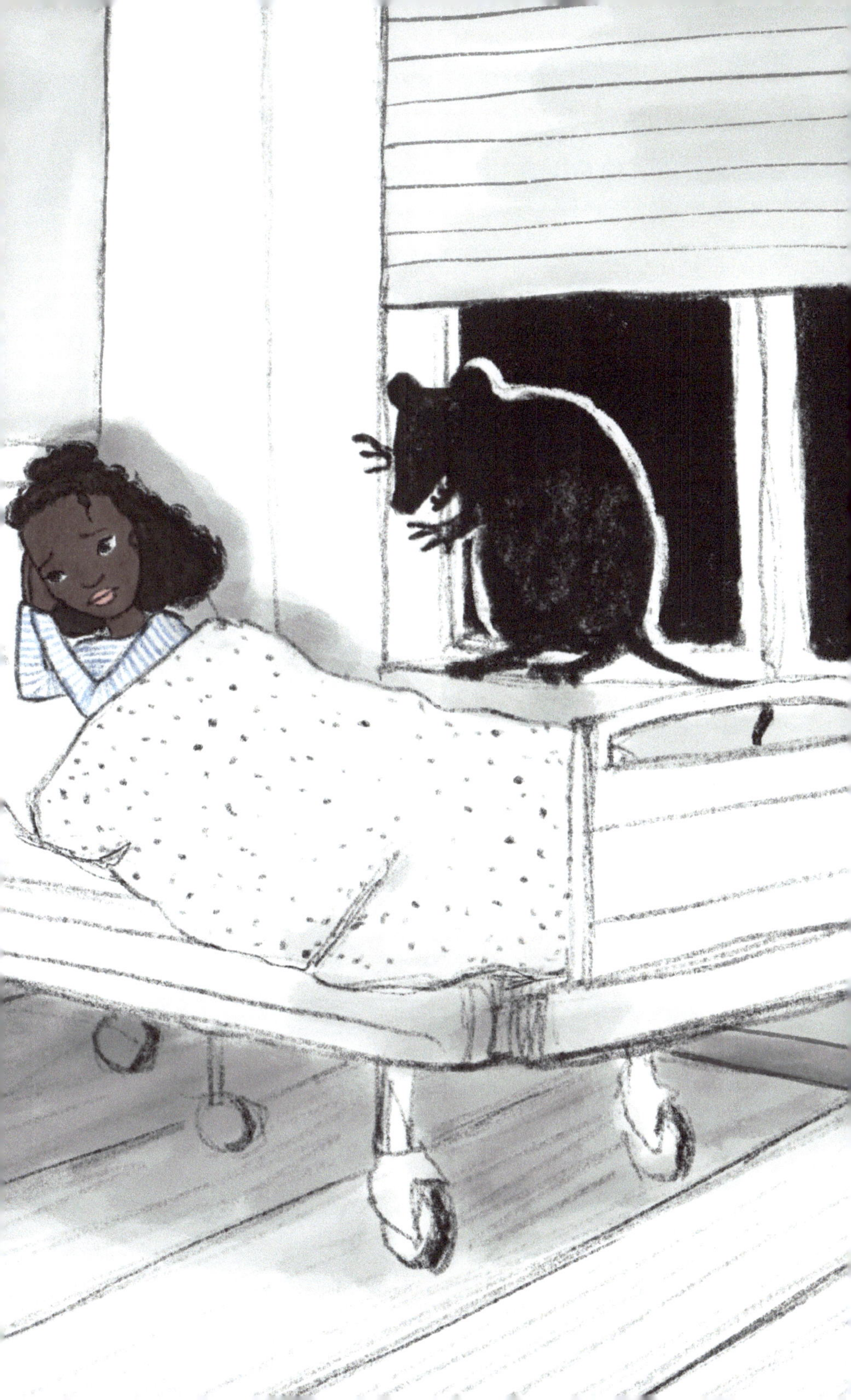

En plus, Maman vient de sortir de la pièce et la fillette se sent terriblement seule.

-Je reviens bientôt, Victoria, je dois téléphoner, je n'en ai pas pour longtemps!

Chapitre 5

Une drôle de rencontre

Au moment où la porte se referme, Victoria éclate en sanglots. La douleur, l'épuisement, tout cela sort d'un coup: de petits spasmes qui secouent son corps, des gouttes salées qui lui piquent la joue.
– Ne pleure pas, mon enfant!

Victoria relève la tête. Face à elle, un homme avec une grande barbe blanche lui sourit gentiment. Victoria ne l'a pas entendu entrer. Elle songe avec irritation que les adultes sont vraiment bêtes de ne pas comprendre qu'on ne choisit pas de pleurer!

Et par conséquent, qu'on ne peut pas non plus s'arrêter sur commande ! Habituellement, elle sanglote encore plus fort quand on lui dit ça.

Mais pas cette fois. La voix de l'homme est douce et apaisante. Victoria cesse de pleurer et l'observe avec attention.
- Tu n'as pas de blouse blanche, tu n'es pas un médecin. Tu ressembles au père Noël, est-ce que…

Victoria laisse sa phrase en suspens. Inutile de continuer, elle voit bien que ce vieil homme n'a pas de hotte et ne porte pas l'habit rouge reconnaissable entre tous.
- Qui es-tu ?
- Peu importe qui je suis. Mais je te dirai mon nom avant de partir, pour que tu te souviennes de moi.
- Mais que fais-tu dans ma chambre ? Tu n'as pas l'air réel, tu ressembles à un rêve.

Le vieil homme incline légèrement la tête, et prenant son souffle, lui répond :
- On dit de moi que je suis une légende de la littérature, je viens d'un autre siècle, j'ai connu joies et profondes peines et ...

Victoria l'interrompt alors brusquement :
- Oh là là, je ne comprends rien ! Laisse-moi tranquille, je suis fatiguée, je suis malade ! Va-t'en !

Chapitre 6

D'étranges cadeaux

Victoria a la voix qui tremble. Elle s'en veut un peu d'avoir parlé ainsi à l'homme à la barbe blanche.
- Je sais que tu es malade, lui répond gentiment l'homme. C'est pour ça que je suis venu. Pour t'aider. Je vais te montrer quelque chose qui peut changer ta vie.

Il lui tend alors un objet qu'elle ne connaît pas.
- Qu'est-ce que c'est ? demande Victoria.

Il lui explique que c'est une plume, qui, trempée dans un encrier, permet d'écrire.

- Mais plus personne n'écrit avec des plumes! s'exclame Victoria.
- Ah bon, vraiment? s'étonne le vieux monsieur. Bon, peu importe, j'ai ce qu'il te faut dans ma redingote!

Il plonge la main dans sa drôle de veste noire et range la plume. Sous les yeux ébahis de Victoria, il sort de cette même poche stylo, feuilles de papier et crayons de couleurs, stylet et téléphone portable, tablette et ordinateur. Elle n'aurait jamais pensé que cet habit puisse contenir autant!
- Ces objets aident à combattre Ratus, déclare l'homme à la barbe blanche.

Il voit bien à sa tête que Victoria ne comprend pas. Elle grimace un peu, car elle déteste quand quelque chose lui échappe. Elle n'ose pas lui dire que ses parents ont déjà tout ça à la maison, et que si ça pouvait l'aider, elle le saurait depuis longtemps!

Victoria songe soudain que les objets du vieil homme détiennent peut-être, eux, des pouvoirs. Elle lui demande alors, d'une voix hésitante et pleine d'espoir:

- Tu vas me les donner parce qu'ils sont magiques?

- Non, répond-il. Je n'ai pas besoin de te les donner, tu as les mêmes chez toi. Je te les montre seulement.

Chapitre 7

Un monde sans Ratus

Décidément, cet homme commence à l'énerver ! Le visage de Victoria exprime à voix haute ce qu'elle pense tout bas. Le vieillard semble le deviner.
-Le bonheur est parfois caché dans l'inconnu, grommelle-t-il sans que Victoria ne puisse entendre.

Il lui dit alors avec beaucoup de fermeté, mais également de gentillesse :
-Ces objets sont tous magiques si tu t'en sers pour dessiner et écrire. Ils ont le pouvoir de changer la vie de ceux qui les utilisent à cet effet. Ils aident à combattre tous les Ratus du monde.

- Mais comment? demande Victoria.
- Grâce à eux, tu voyages dans l'imaginaire, là où il ne se passe que ce que tu souhaites. En racontant des histoires, avec des mots ou des dessins, tu crées le monde que tu veux.

Il reprend son souffle et poursuit:
- Un monde où les Ratus n'existent pas. Un monde où, à ton gré, tu peux aussi les transformer en grenouilles inoffensives. Et si tu veux devenir une princesse ou chevaucher les dragons, c'est possible aussi! Essaie, tu verras, ça marche.

Chapitre 8

L'homme à la barbe blanche

Le vieil homme range alors les objets dans sa redingote. Victoria comprend qu'il va partir.

– Comment tu t'appelles ? Je te reverrai ?

– Tu me reverras plus tard dans des aquarelles que j'ai peintes. Tu me retrouveras surtout dans les livres que j'ai écrits. Et un jour, quand tu iras au théâtre, tu entendras peut-être aussi parler de moi.

Avant de s'évanouir comme par magie, l'homme à la barbe blanche lui dit :

– Au revoir, Victoria. Victor Hugo est mon nom. Et n'oublie jamais : j'ai traversé le temps et les souffrances grâce au pouvoir de l'écriture.

Quand Maman entre dans la pièce, Victoria ouvre les yeux et sourit.
– Maman, ce soir, vous pourrez, Papa ou toi, me raconter une histoire de Victor Hugo ? Tu le connais ?

Victoria ne sait pas encore si dessiner et écrire l'aidera à combattre Ratus. Elle va bien sûr essayer.

Mais en attendant, une chose est sûre : quand ses parents lui lisent une histoire, elle s'échappe vers ce beau pays dont l'homme à la barbe blanche lui a parlé.

L'illustratrice

Aleksandra Maslova est une jeune illustratrice polonaise, issue d'une famille où l'art et la création ont toujours été une passion.

Elle a déjà parcouru 24 pays et étudié dans de nombreuses universités. Chaque jour, elle s'inspire de petits plaisirs de la viepour dessiner.

L'auteure

Anne Sirgel, diplômée en littérature et en sciences humaines, vit en région parisienne. Elle adore partir se ressourcer au bord de la mer, quand le vent soufflant très fort lui raconte des histoires.

Elle est auteure de plusieurs albums et romans aux Éditions Prunelle. Sa passion: écrire des histoires qui touchent, amusent et font réfléchir.